# SOUVENIRS

DE

## M. YVES

❧

DIJON

IMPRIMERIE DE L'UNION TYPOGRAPHIQUE

*MERSCH & Cⁱᵉ*

—

1885

# SOUVENIRS DE M. YVES

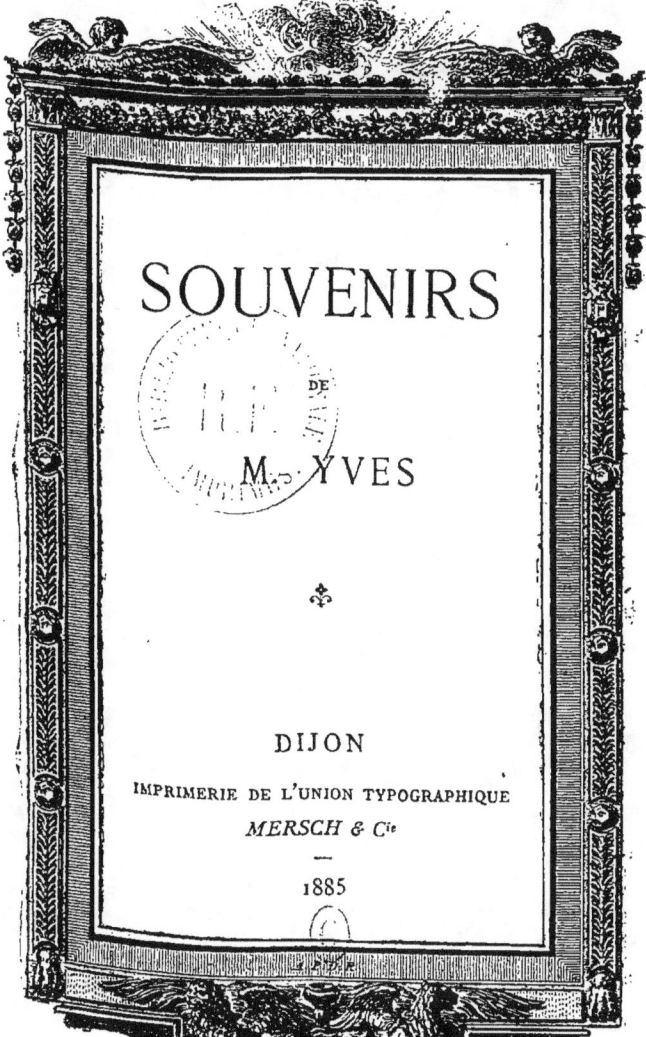

# SOUVENIRS

DE

## M. YVES

❖

### DIJON

IMPRIMERIE DE L'UNION TYPOGRAPHIQUE

*MERSCH & C$^{ie}$*

—

1885

# NOTICE

—◆—

## YVES, RENAUD

*Ancien Représentant du peuple français, né à Colmar, le 12 janvier 1804, fils d'un procureur impérial et descendant d'une ancienne famille de magistrats d'origine bretonne, établie en Alsace à l'époque de la conquête de Louis XIV, acheva ses études à Strasbourg, se fit recevoir avocat et s'inscrivit au barreau de Colmar. En 1830, il fut nommé substitut du procureur du roi et destitué en 1832 par suite de son libéralisme avancé, il reprit sa place au barreau. Après la Révolution de Février, il fut nommé commissaire de la République dans le Haut-Rhin, puis procureur général et se fit remarquer par sa modération. Son* ADMINISTRATION *a été caractérisée par ce fait, que mettant la magistrature au-dessus des partis politiques, il n'a jamais voulu se prêter à la révocation ou même au changement d'aucun de ses subordonnés. Il fut envoyé à la Constituante le second sur onze par plus de 50,000 suf-*

*frages. Après l'élection du 10 décembre, il combattit la politique de l'Elysée et signa la mise en accusation du Président et de ses ministres. Non réélu à l'Assemblée législative, il donna sa démission de procureur général* POUR PROTESTER *contre la destitution, malgré son avis, d'un avocat général. Il reprit son ancienne place au barreau de Colmar. Mort le 5 juillet 1884, il a laissé quelques travaux judiciaires et de nombreux plaidoyers, remarquables par l'esprit et l'élévation des idées, ainsi qu'un certain nombre de publications en prose et en vers, imprimées dans divers recueils, particulièrement alsaciens.*

# ŒUVRES MANUSCRITES

LAISSÉES

## Par Monsieur Yves

1832

*Acrostiche sur M. Xavier Boyer, à l'occasion de l'émeute des Vignerons, dans laquelle M. Boyer, alors substitut du procureur du Roi, figurait à la tête de la force publique monté sur un cheval de trompette.*

### XAVIER.

Xercès a traversé les champs macédoniens ;
Annibal a vaincu dans les guerres puniques ;
Varus a su braver le vieux coq des Gaulois ;
Josué du soleil sût arrêter les lois,
Et Boyer enfourchant un cheval de trompette
Rendit à la cité l'impôt de la *piquette*.

### A MADAME JOLLINI

actrice qui venait de jouer le rôle de Galathée.

Le feu dont le sculpteur antique
Brûla pour son œuvre divin,
Semble être un conte fantastique
Inspiré par le Dieu malin ;
Mais depuis que sous votre image
De Galathée on vit les traits,
On comprend qu'à de tels attraits
Pygmalion dû rendre hommage.

# DÉCLARATION

JE N'OSE.

1852

Si j'osais vous dire une chose
Je vous la dirais, mais je n'ose.
Quand on est jeune on peut oser,
On peut sans crainte d'offenser
Tenter de cueillir une rose :
Mais hélas! aujourd'hui je n'ose,
Je n'ose, et cependant je crois,
Quand si gentille je vous vois,
Que je pourrais oser encore
Et que je devrais, dès l'aurore,
Pour mettre le comble à mes vœux,
Epier le moment heureux
De vous parler de cette chose.
Mais hélas! aujourd'hui je n'ose,
Je n'ose, à moins que vos bontés
Changeant mes hivers en étés
Ne veuillent effacer la trace
Des jours passés que rien n'efface
Si ce n'est le rêve du cœur :
Rêve d'un jour souvent trompeur!
Mais jusqu'alors, croyez-le bien
J'aimerai, sans en dire rien
Car si j'en disais quelque chose,
Ce ne serait qu'un mot... je n'ose!

A MA BONNE PETITE COUSINE HERMANCE

1855

Le temps, ce vieux coureur, en parcourant sa route,
A semé sur mon front les neiges des hivers
Et j'ai vu fuir hélas! en complète déroute
Les amours qui jadis m'inspiraient dans mes vers.

Un seul me reste encore, un seul, faut-il le dire!
Exerce sur mon âme un éternel empire.
Bien souvent j'ai tenté de l'écarter de moi;
Mais comme le croyant qui possède la foi
J'ai vu se ranimer à ses vives étreintes
Le feu qui brûle encore sous mes cendres éteintes.
Et pourquoi m'en défendre et pourquoi le bannir!
Il est pour moi ce qu'est au cœur le souvenir
Ce qu'est au voyageur, perdu dans les bois sombres,
L'étoile du matin qui dissipe les ombres.
Comme un dernier soleil, au déclin des beaux jours,
Semble nous ramener la saison des amours,
Il embellit ma vie, il charme ma vieillesse,
Et je lui dois enfin ce rayon de jeunesse
Qui me fait oublier les regrets superflus
Que trop souvent l'on donne aux jours qui ne sont plus.

A MADAME REWBEL

qui interrogeait les cartes et croyait à la nécromancie.

1859

A moins d'être prophète, aruspice ou sybille,
    Valet de chambre du destin,
Pénétrer l'avenir est chose peu facile
    Et plus d'un y perd son latin;
    Mais pour résoudre ce problème,
    Vous avez un moyen certain :
    C'est de vous connaître vous-même.
Pensez-vous que le ciel vainement eut pris soin
De vous donner l'esprit, la grâce et la figure,
    De vous orner de mille attraits
Et d'ouvrir dans votre âme une source si pure
D'amour et de bonté qui ne tarit jamais?

Oh! fiez-vous au ciel, ce sentier de la vie.
Marchez résolument, car le ciel est à vous
Sur ses anges il veille et soit dit, entre nous,
Cela vaut beaucoup mieux que la nécromancie.

1861

Il est dans la Bible une page
Qui doit flatter l'orgueil humain
On y lit : que Dieu de sa main
Fit notre espèce à son image;
Mais la Bible ajoute, dit-on,
Que pour faire un si bel ouvrage
Il se servit d'un vil limon
Or, sans blâmer l'œuvre divine,
Et même en l'admirant parfois,
Hélas! je trouve quelquefois
Que le limon trop y domine.

# FABLE

---

### LA GRIVE ET LE TALISMAN.

1863

Mon ami Boyer ayant emporté à Paris la bague très riche qu'il avait reçue de l'empereur d'Autriche, revint sans bague. C'est à ce sujet que je fis cette fable. A la même époque, il venait de composer sa notice historique sur le *Champ du mensonge,* qu'il place à Loglenheim.

Certain chasseur un peu vantard
Mais d'une adresse contestable,
Chassait, avec un traquenard
Que l'on disait œuvre du diable.
Or ce traquenard consistait
En une bague chatoyante
De vingt rubis étincelants,
Qu'au doigt le messire portait :
« C'était son miroir d'alouettes.
Il exerçait sur ces pauvrettes
Un charme tellement puissant,
Qu'elles venaient, en se mirant
Dans l'éclat du bijou perfide,
Jusque sur la main homicide
Du vieux traître, qui sans remords
Les envoyait aux sombres bords
Tout au fond de sa carnassière :
C'était son régal ordinaire.
Mais comme on se lasse de tout
Il advint que notre beau prince
Un beau jour trouva qu'en province
L'alouette manquait de goût,
Il partit pour la capitale ;
Cette chasse lointaine, hélas ! lui fut fatale
Car il apprit à ses dépens
Ce que savent beaucoup de gens.

Mais ce qu'il ignorait sans doute,
C'est qu'un chasseur lorsqu'il n'écoute
Que sa trompeuse vanité,
Malgré son habileté,
Son talisman, son stratagème
Est souvent dupe de lui-même.
Or voici, comment il se fit,
Qu'en un jour de triste mémoire,
Notre pauvre Nemrod perdit
Le magique bijou qui jadis fit sa gloire,
Et qu'il revint de ce pays,
Qu'en tous lieux, l'on nomme Paris,
L'oreille basse, l'œil humide
Et sa besace toute vide.
Dans le vaste jardin de la grande cité,
Qui pour la gente ailée est pays de cocagne,
Le séducteur s'était flatté
De faire brillante campagne.
Aussi dès qu'il fut débarqué ,
En tous lieux, en tous sens, l'instrument fut braqué
Et bientôt on le vit, semant sur son passage
Les feux étincelants de son brillant mirage.
C'était au déclin d'un beau jour ;
Les oiseaux achevaient leurs hymens à l'amour,
Quelques merles sifflaient, en devisant ensemble
Sous le feuillage d'un vieux tremble ;
Et dans l'ombre du parc, au fond des noirs buissons
Les fauvettes disaient leurs plus douces chansons.
Tout à coup, et du sein de la haute charmille,
Une petite grive, à la noire mantille,
Au regard vif, au pas léger
Autour de lui vint voltiger.
Déjà le ravisseur d'un œil rempli de joie
Epiait sa victime et savourait sa proie.
Mais la prudente grive, au lieu de s'approcher,
Sur un rameau voisin, eut soin de se percher,
Et c'est de là, qu'en son ramage,
Elle lui tint, dit-on, à peu près ce langage :

Eh! bonsoir charmant jouvenceau!
Que vous êtes joli! que vous me semblez beau!
        Quand le soleil dans sa carrière
        Eclaire ce parc de ses feux,
        Il y répand moins de lumière
        Qu'il n'en jaillit de vos beaux yeux.
        Bel étranger, sans vous connaître
        Et sans avoir ouï votre nom,
        Vous êtes, ou vous devez être
        Un favori de Cupidon.
        Mais, ô ciel! qu'aperçois-je encore
        Vous avez les doigts de l'aurore,
Et ce bijou sans doute, est un don précieux
        Dont les orna la main des dieux.
Ah! permettez, seigneur, que de plus près j'admire
Ces grâces qui des cœurs vous assurent l'empire,
Et qu'en cet instant même, en ce moment si doux
        Loin de tout bruit, loin des jaloux,
        Dans mon ivresse je dépose
        Sur cette main, sur cette rose,
        De mes baisers, le plus ardent.
        A ces mots, fort imprudemment
Le charmeur, à son tour, séduit par ce ramage,
Oublient, à la fois, ses rides et son âge,
        Et se croyant un Apollon,
Abandonna sa main, au perfide oisillon,
Qui soudain, et d'un coup de son aile rapide
Avec le talisman, disparut dans le vide
Tandis que le chasseur tout honteux et confus
Jurait, mais un peu tard, qu'on ne l'y prendrait plus.
        On dit, mais pour ma part j'en doute,
        Qu'en s'envolant, l'oiseau trompeur
Lui fit cette leçon : apprends que tout flatteur
Vit aux dépens de celui qui l'écoute.
        On dit même qu'il ajouta :
        Adieu cher ange; songe
Que tu viens de trouver le vrai champ du mensonge
        Puis à jamais, il le quitta.

# L'Immortalité de l'Ame

Mars 1864

Oui je suis immortel et j'ai le droit de l'être,
Car le Dieu tout-puissant qu'on ne peut méconnaître,
En me donnant la vie, a gravé dans mon cœur
    La foi dans un monde meilleur.

Cette foi me soutient, elle est pour moi le phare
Qui guide au sein des flots le nocher qui s'égare;
Elle est pour moi la source où boit avec ardeur,
Au détour du chemin, le pauvre voyageur;
Aussi, me confiant à la bonté divine,
Ainsi qu'un pèlerin qui gravit la colline
    Où l'attend l'hospitalité
    Debout au seuil de l'ermitage,
Je marche, souriant et le front radieux,
    Vers l'avenir mystérieux
    Dernière étape du voyage
    Où m'attend l'Immortalité.

Oui je suis immortel et j'ai le droit de l'être,
Car le Dieu tout-puissant, qu'on ne peut méconnaître,
En me donnant la vie, a gravé dans mon cœur
    La foi dans un monde meilleur.

Et comment, de la vie, en achevant la route
Mon esprit pourrait-il s'arrêter dans le doute?
N'ai-je donc pas levé mes regards vers les cieux?
De l'univers entier l'ensemble merveilleux
Ne m'a-t-il pas prouvé la puissance infinie
De celui dont la main en régla l'harmonie?

Et n'inspira-t-il pas, en me donnant le jour,
La justice à mon cœur, à mon âme l'amour ?
Et ce Dieu tout-puissant, dont j'entends les oracles,
Ce Dieu qui devant moi sema tant de miracles,
Qui pour guider mes pas jusqu'au seuil du tombeau
A fait de ma raison un lumineux flambeau
N'eût eu d'autre dessein en créant ce grand œuvre,
Architecte insensé !... Triste et sombre manœuvre !...
Que de m'ensevelir dans un gouffre béant,
Dans la nuit éternelle où règne le néant ?
Et c'est dans un tel but qu'il eût, dans sa sagesse,
Orné l'œuvre divin, avec tant de richesse !
C'est pour mieux me tromper qu'il m'eût donné la foi,
De l'espérance fait une commune loi,
Et qu'il m'eût averti, par de secrets présages,
Qu'un jour nous reverrons, sur de nouveaux rivages,
  O suprême félicité !
  L'ami qui nous avait quitté !

Ainsi, tout ne serait, ici-bas, qu'un vain songe,
Les promesses du ciel, un perfide mensonge,
Un mirage trompeur, un tour de gobelet,
Un sarcasme bouffon, digne de Triboulet.
Et vous tous qui priez, vous tous que l'espérance
Raffermit et console au sein de la souffrance,
Sachez que votre Dieu traite l'humanité
Comme autrefois Argan par Scapin fut traité ;
Qu'il s'est joué de vous, que les profonds mystères
De la tombe, ne sont que de folles chimères ;
Qu'ici-bas tout finit, et qu'il n'est plus de port
Au-delà du sépulcre, au-delà de la mort.
Pour affirmer la foi, vous buvez la ciguë,
Vous bravez le bourreau dont le glaive vous tue,
Vous montez au bûcher en entonnant en chœur,
O sublimes martyrs ! l'hymne du Dieu vengeur ;
Et pleins de confiance en toute sa justice
Votre âme est souriante en face du supplice.
Et vous qui sous la bure, anges de charité !
Restez pauvres pour mieux servir la pauvreté,

Qui consacrez vos jours à de saintes pratiques,
Qu'êtes-vous?.. qu'êtes-vous?.. des dupes héroïques!...
Mais que dis-je? ô blasphème! En quel temps, en quel lieu,
Oserions-nous douter des promesses de Dieu?
Est-ce en vain, est-ce en vain que le souverain maître
Mit au cœur du coupable et dans l'âme du traître
Un éternel remords, et qu'il nous avertit
Que sa main récompense et que son bras punit?

     Est-ce en vain qu'à travers les âges
     Et du fond de l'antiquité,
     Nous entendons la voix des sages
     Proclamant l'Immortalité?


Non ce n'est pas en vain. Les ténébreux mystères
     Qui couvrent le champ du repos,
     (Lieu saint, où nous pleurons nos mères!
Où la patrie en deuil va pleurer ses héros!)
Nous seront révélés, et dans ce jour suprême,
     Éternelle félicité!
Frères, nous verrons luire, au sein de Dieu lui-même,
     Le flambeau de la vérité.


### ADIEUX A MES AMIS PENDANT QUE J'ÉTAIS MALADE.

Sept. 1864

     Adieu, mes amis, je vous quitte
     Un peu plus tard, un peu moins vite
     M'eût sans doute mieux convenu.
     Mais puisque l'instant est venu
     De solder mon dernier quart d'heure,
     Sachez, qu'en quittant ma demeure,
     Gaiement je souris à l'espoir
     De vous retrouver sur la rive
     Où tôt ou tard chacun arrive.
     Ainsi, mes amis, ...au revoir.

LETTRE A MADAME YVES PENDANT LE SÉJOUR DE M. YVES
AVEC SES ENFANTS A LAFERRIÈRE (HAUTE-MARNE).

Sept. 1873

J'aime cette douce retraite, ·
Elle convient à l'âge où l'on rêve au passé,
Elle charme l'exil où mon cœur s'est brisé
Sous la honte de la défaite.

J'aime ce toit hospitalier,
Auprès des enfants que j'adore
Je puis un instant oublier
Le ciel de ma première aurore.

J'aime ces lointains horizons
Et la plaine où, sous sa houlette,
Le berger compte ses moutons
En fredonnant sa chansonnette.

J'aime ce silence des bois
Et cette nature paisible,
Elle me parle, et par sa voix
Je comprends mieux l'être invisible.

Oui, je le comprends en ce lieu :
La nature n'est pas muette
Elle dit la grandeur de Dieu
Jusque dans l'humble pâquerette.

Tu vois que je me plais ici :
Cependant il faut bien le dire,
Il me manque ton doux sourire
Et les caresses de Miki.

# L'ÉLOGE DU CÉLIBAT

## DIALOGUE

PERSONNAGES : DANVILLE, célibataire, âgé de 5o ans;
BONNARD, homme marié, même âge.

La scène représente un intérieur. Bonnard est assis, il lit. Près de lui une table; sur la table un vase et quelques tasses.

DANVILLE.

Il entre en fredonnant.

Bonjour, Bonnard;

BONNARD.

Bonjour,

DANVILLE.

Comment te portes-tu?

BONNARD.

Je suis à la tisane,

DANVILLE.

Ainsi qu'à la vertu?

Tant pis!

BONNARD.

Mais non, tant mieux! quand on est à notre âge,
Et qu'on n'a plus vingt ans, il faut qu'on se ménage.

(A Danville qui continue à fredonner.)

Mais diable! on est bien gai, mon cher, dès le matin?

DANVILLE.

C'est que l'on a flûté de ce vieux chambertin
Qui vous regaillardit, et ma douce Glycère
Dans cette nuit d'orage a veillé sur mon verre.

BONNARD (à part).

Il est toujours le même, et je crois qu'un beau jour
Il voudra se charger de rajeunir l'amour.

(Reprenant)

Ainsi donc, mon ami, pour les folles lorettes
L'on a, comme autrefois, des flammes toujours prêtes?

DANVILLE.

Toujours, morbleu! toujours, je n'ai jamais changé
De doctrine et le temps...

BONNARD.

                    T'a certes ménagé.
Je t'admire vraiment, et l'on ne saurait être
Plus dispos et plus frais que je te vois paraître;
Je ne puis, pour ma part, hélas! en dire autant,
J'ai la goutte, et je suis presque toujours souffrant;
Comme toi, je n'ai pas, aux sources de Jouvence,
Retrempé ma vieillesse, et bientôt, je le pense,
Il faudra d'ici-bas, sans retard, déloger.

DANVILLE.

L'on a toujours le temps, mon ami, d'y songer;
Ne parlons pas de ça, ce sujet m'incommode,
Et je ne comprends pas cette étrange méthode
Qu'ont la plupart des gens de parler de leur fin,
Quand ils ont devant eux encore un long chemin.

Moi, je suis philosophe et crois agir en sage
En me tenant toujours prêt à plier bagage;
Mais, je n'en parle pas et je m'en trouve bien.
Je vis au jour le jour, je n'ai souci de rien :
Loin de m'inquiéter de ce moment suprême
Où l'on fait le plongeon, je jouis de moi-même
Ainsi que du présent, et ne m'occupe pas
De l'heure que la Parque assigne à mon trépas.
Crois-moi, suis ce précepte, il en vaut bien un autre.

AIR : *J'ai vu le Parnasse.*

PREMIER COUPLET.

Des mystères de l'autre monde
L'on n'est que trop tôt éclairci,
Ne perdons pas une seconde
A bien jouir de celui-ci.
Au lieu de sonner la retraite,
Pour changer l'hiver en été,
Il faut, morbleu! bien tenir tête
Au Destin toujours irrité. *(bis)*

DEUXIÈME COUPLET.

Or le conseil que la sagesse
Aux sages a toujours dicté,
C'est de savoir fuir la tristesse,
Dans les bras de la volupté.
Ce conseil est facile à suivre,
Avec d'autant plus de raison,
Que l'art d'aimer c'est l'art de vivre
En tout temps, en toute saison. *(bis)*

BONNARD (à part.)

La gaîté n'eut jamais de plus fervent apôtre;
Il se damne en riant. (à Danville) Ah ça, dis-moi, mon vieux
Puisque tu ne prends pas la vie au sérieux,
J'ai tout lieu de penser que tu n'es pas, je gage,
D'humeur à te soumettre aux liens du mariage,
Et que jusqu'à présent tu n'as jamais goûté
Les tranquilles douceurs de la communauté?

DANVILLE.

Mon ami, je m'en prive, et je n'ai nulle envie
De me couper en deux, et partager ma vie ;
Ce genre d'holocauste à mes yeux est malsain,
Et de suivre mes goûts, j'ai toujours eu grand soin.
D'ailleurs le mariage est chose délicate ;
J'ai bien pesé le cas, et certes je me flatte
De savoir, comme un autre, user de ma raison ;
Or, pour l'hymen il n'est, suivant moi, de saison
Que le printemps du cœur, où tout se peint en rose,
Où tout rit ici-bas, où rien... c'est quelque chose,
Où sous la crinoline aux frauduleux contours,
On rêve des attraits formés par les amours,
Où la femme apparaît, à votre âme ravie,
Sous l'aspect d'une fleur qui parfume la vie.
Mais, quand ce temps n'est plus, alors il est trop tard.
L'aspect change et l'hymen n'est plus... qu'un traquenard.
Un affreux guet-apens, où les Mandrins femelles
Vous écorchent tout vif, pillent vos escarcelles,
S'abattent sur vos flancs, et ne vous laissent plus,
(Témoignage éclatant de leurs chastes vertus !)
Que la peau sur les os ! Heureux ! quand la colombe,
Alors qu'on y voit clair et que le voile tombe,
Ne vous a pas orné de ce plaisant rameau,
Qui sur votre occiput fleurit jusqu'au tombeau.
Tu conçois, mon ami, qu'avec un tel programme
Je me suis peu senti d'humeur à prendre femme,
A risquer le paquet, et que j'ai préféré
Un écueil moins perfide, un port plus assuré
Que celui de l'hymen dont on nous fait l'éloge.
Le célibat me l'offre... Eh ! morbleu ! je m'y loge
A perpétuité !!!... Délicieux séjour !
Fortuné célibat ! ô temple de l'amour !
Où l'on happe en passant les nymphes fugitives,
Sans craindre, lorsqu'un jour on passe aux sombres rives,
De rencontrer, soudain, le fantôme jaloux
Dont vous fûtes jadis le légitime époux.

Ah! quel embêtement! mon cher, cela doit être
Lorsque l'on voit cette ombre à vos yeux apparaître!
Pour mon compte, je crois que je prierais Caron
De me couler, bien vite, au fond de l'Achéron;
Et le flot du Cocyte en m'emportant au diable
Me paraîtrait cent fois, mille fois préférable
A l'aspect effrayant du spectre suranné
Qui pendant cinquante ans vous a turlupiné.
Tiens!... rien que d'y songer, tout mon corps en frissonne,
J'en ai la chair de poule, et certes je m'étonne,
Qu'après tant de martyrs, d'exemples et de cas,
Il se rencontre encore un seul homme ici-bas
Esclave assez soumis de la vieille coutume,
Pour braver, sans frémir, ce supplice posthume.
Voilà ce que j'en pense.....

BONNARD.

                              Et moi, ce que j'en dis,
C'est que je ne suis pas du tout de ton avis;
Et sans prétendre avoir la sagesse en partage,
Je crois qu'il est un temps, où pour agir en sage
Il faut se conformer à la commune loi.
Car enfin... si ton père eût pensé comme toi,
Monsieur son fils serait encor dans les nuages.
Et puis... le célibat n'a-t-il pas ses naufrages?
Ses écueils? son Charybde ainsi que son Scylla
Où plus d'un d'entre vous trop souvent échoua?
Sans doute, vous volez de conquête en conquête,
Vous faites de la vie une éternelle fête.
Adonis recrépis par la main des coiffeurs,
Vous savez les chemins où s'égarent les cœurs;
Mais vous savez aussi qu'il est de noirs registres,
Où vos brillants succès se changent en sinistres,
Où le passé s'escompte aux frais de l'avenir,
Et je crois, mon ami, qu'il est temps d'en finir.

DANVILLE.

Incidents que cela!... D'ailleurs chaque médaille
A toujours son revers, et si dans la bataille

Le brigand de Paphos, de son malin carquois,
A tiré quelque trait qui vous atteint parfois,
L'on devient philosophe et l'on se réfugie,
En philosophe, au sein de la philosophie.
C'est ainsi, mon ami, que fit Anacréon
Alors qu'il convertit ce précepte en chanson.

(Il chante le refrain de *la Descente aux enfers,* de Béranger.)

> Tant qu'on le pourra, larirette
> On se damnera, larira
> Tant, etc., etc.

#### BONNARD.

Mais le mauvais sujet dont nous parle la Bible
N'est rien auprès de toi, pécheur incorrigible!
Malheureux! malheureux! mais ne vois-tu donc pas
L'épouvantable abîme entr'ouvert sous tes pas?
Et qui t'égare ainsi? Quel est le moraliste
Qui te sert de docteur et dont tu suis la piste?

#### DANVILLE.

Bonnard, ce moraliste autrefois fut le tien;
C'est notre vieil Horace...

#### BONNARD.

Horace était païen!

#### DANVILLE.

Païen ou non, n'importe! Horace était aimable;
Sa muse était joyeuse et buvait sec à table.
Philosophe stoïque, il rendit grâce aux dieux
De son humble fortune, et quand il devint vieux,
Quand son front par les ans se couronna de neiges,
De l'amour connaissant les ruses et les pièges
Il changea de système et, la coupe à la main,
Il cultiva Bacchus et chanta le bon vin.

Eh bien! voilà mon homme... il fut célibataire;
S'il ne l'avait été, sa muse moins légère,
En accordant sa lyre à de plus graves tons,
A son ami Mécène eût donné des leçons,
Et Mécène ennuyé de ce critique austère,
Au lieu de l'applaudir, l'eût prié de se taire.
Mais il n'a pas tâté de ta lune de miel
Et grâce au célibat.... Horace est immortel!

BONNARD.

Horace était poète, et les sons de sa lyre
Aux échos de Tibur ont donné le délire;
Mais je crois, mon ami, qu'après dix-huit cents ans
Il a perdu le droit d'embrouiller ton bon sens,
Et que malgré sa muse et sa folle cabale,
On peut goûter ses vers, sans suivre sa morale.
Ainsi parlons raison... As-tu jamais songé
A l'immense désert où se trouve plongé,
A sa dernière étape, un vieux célibataire?
Dans les flancs vermoulus de son fauteuil Voltaire
Il est là... tout courbé sous le fardeau des ans.
Il écoute la voix des regrets déchirants;
Les jours qu'il a perdus passent dans sa mémoire,
Comme passe le spectre a travers la nuit noire.
Et quand l'ombre se fait au cadran de la mort,
O solitude affreuse! Epouvantable sort!
Sa main tremblante, en vain, cherche dans les ténèbres
L'ami toujours fidèle à ces heures funèbres.
Mais hélas! plus d'ami, point de dernier adieu,
Et la profonde nuit règne seule en ce lieu!
Voilà, Monsieur, comment finit... cet hérétique.

DANVILLE.

Je ne te savais pas si fantasmagorique.
Tu possèdes, mon cher, pour les aquatintas
Un talent rare, et dont je ne me doutais pas.

Mais si, dans tout tableau, le jour se mêle à l'ombre
Le tien, j'en suis fâché, me paraît un peu sombre
Et l'on dirait vraiment qu'un croque-mort en pleurs
Sur ta triste palette a broyé ses couleurs.
Mais tranquillise-toi, sois sans inquiétude,
Les steppes, le désert, la vaste solitude
Et la profonde nuit, qui devront, selon toi,
A mes derniers moments, régner autour de moi,
Se changeront soudain, puisqu'il faut te le dire,
En un vrai jour de fête, en un jour de délire,
Où, couronnés de pampre, on verra mes amis
Plus nombreux que jamais près de moi réunis,
Et le verre à la main, en dépit de l'Église,
Célébrer mon départ pour la terre promise.
Voilà, Monsieur, comment finit un vieux garçon.

BONNARD.

Merveilleuse morale ! admirable leçon !

DANVILLE.

Un garçon ne meurt pas !

BONNARD.

Et que fait donc ce drôle ?

DANVILLE.

Ce qu'il fait ? Eh, parbleu ! de la vie il s'envole !

AIR : *Du Piège.*

PREMIER COUPLET.

Ainsi que le sylphe léger
Qui fuit à travers les bois sombres,
De Caron, joyeux passager,
Il passe au royaume des ombres.
Et pendant qu'il trouve..... là-bas
Les vieux compagnons de sa gloire,
Pour mieux honorer son trépas
Ceux d'ici.,. continuent à boire. *(bis)*

### DEUXIÈME COUPLET.

Tandis que vous, pauvres maris !
Le désespoir vous assiège,
Les larmes, les sanglots, les cris,
Forment votre dernier cortège.
Il est vrai qu'après quelques mois,
Que l'on a fait triste figure,
On se console et..... quelquefois
Même le deuil sert de parure. *(bis)*

Ai-je raison ou tort? ai-je tort ou raison?

### BONNARD.

Mon cher, lorsque l'on met sa morale en chanson,
L'on ôte aux gens le droit d'en faire la critique;
Mais je doute très fort, sans être trop sceptique,
Du succès de la tienne, et je crains bien qu'un jour
Ton esprit n'en éprouve un funeste retour.
Ainsi donc, hâte-toi, le temps fuit, il échappe.....

### DANVILLE.

Mais tu ne sais donc pas, Bonnard, qu'on le rattrape;
Que, par un certain art, l'implacable faucheur
S'adoucit, et devient votre humble serviteur.

### BONNARD.

Et cet art, quel est-il?

### DANVILLE.

Parbleu! c'est l'art de vivre;
La recette est fort simple et très facile à suivre.
C'est l'art que possédait Tibulle, Anacréon,
Mes amis Épicure, Épictète et Philon.
Quand on veut rester jeune au seuil de la vieillesse
Il faut, nous disent-ils, vivre avec la jeunesse;
Prendre part à ses goûts ainsi qu'à ses plaisirs,
Sans flatter ses penchants, comprendre ses désirs,

Et, critique indulgent, ne voir dans ses caprices,
Que d'aimables défauts, où d'autres voient des vices;
Et par ce procédé, jusqu'en tes derniers jours,
L'amitié te sourit et parfois les amours.

BONNARD.

(On entend du bruit au dehors.)

Qu'entends-je? juste ciel! qui frappe de la sorte?
O grand Dieu!... si ma femme écoutait à la porte?
J'en frémis et je cours...

DANVILLE (riant).

Les tranquilles douceurs
De sa communauté se changent en terreurs.

(Il continue à rire.)

Il paraît que les murs ont ici des oreilles,
C'est là, sans doute, encore une des cent merveilles
Du bonheur ineffable aux maris assuré...
O mon pauvre Bonnard!... sortir tout effaré
De crainte... Ah! c'est trop fort; il faut que je lui dise
Que ses terreurs ne sont que faiblesse et sottise;
Qu'il est vraiment plaisant, quand on porte un tel bât,
De faire le procès à mon gai célibat;
Que je préférerais être un anachorète,
Vivant de salsifis au fond de ma retraite,
N'ayant pour tout voisin que l'aigle et le vautour
Que de passer ma vie à trembler nuit et jour!
Et qu'il ferait bien mieux de convertir l'éloge
Des charmes de l'hymen, en un martyrologe!
Oui je lui dirai ça... mais non! ce cher Bonnard,
Au logis conjugal traqué comme un renard,
S'y plaît, il a la foi... l'on dit que la foi sauve...
Quand sa femme sur lui fixe son regard fauve,
Le pauvre diable croit qu'on lui fait les yeux doux.
Un autre enragerait... Enfin que voulez-vous?

C'est la foi... laissons-le sous cet heureux mirage ;
L'on a vu des pinsons très joyeux dans leur cage,
Ne le troublons donc pas dans sa félicité.
L'amitié me l'ordonne ; et puis, la vérité
Même aux amis n'est pas toujours très bonne à dire.
Ainsi je puis mieux faire et je vais lui prédire
Que, grâce à ses avis, il se peut qu'à mon tour
Je souscrive aux doux liens d'un légitime amour.
Mais je l'entends venir... (à part) Il paraît que Madame
Vient de lui roucouler une terrible gamme
Car mon pauvre Bonnard a l'air bouleversé.

(Reprenant)

Eh bien ! voyons, dis-moi, que s'est-il donc passé ?

BONNARD (encore effaré).

Ah ! j'en bénis le ciel ! pour la peur j'en suis quitte ;
Ce bruit... c'était un chat...

DANVILLE.

Tu t'alarmes bien vite
Et ce chat t'a donné de singuliers frissons.

BONNARD.

Diable ! c'est que j'avais pour cela mes raisons ;
Si madame Bonnard t'avait entendu dire
Que les amours pourraient encore me sourire,
Elle eût été de force à t'arracher les yeux,
Et nous eussions été lapidés tous les deux.
Ah ! tu ne sais pas, toi, ce que c'est qu'une épouse :
Plus elle est légitime et plus elle est jalouse.
Si tu sors... où va-t-il ?... tu rentres... d'où vient-il ?
On te jauge, on te toise, en face et de profil,
Et quand on a tout vu, tout à coup la tempête
Des soupçons ombrageux éclatent sur ta tête ;
Les imprécations viennent fondre sur toi,
Ainsi qu'une avalanche, et, l'esprit plein d'effroi,

Ta langue embarrassée à ton larynx se glace.
C'est ainsi, mon ami, que la chose se passe;
Et c'est ainsi, crois-moi, que j'ai vu plus d'un jour
Où la pluie au soleil se mêlait tour à tour.

AIR : *Chanson ancienne (1012 Clé du caveau).*

Soyez garçons, soyez maris,
Etes-vous bien en paradis ?
Certes, c'est un profond mystère;
Car l'un fait bien, l'autre fait mieux,
Et l'on ne sait lequel des deux
A fait vraiment la bonne affaire. *(bis)*

DANVILLE (riant).

Ainsi, qu'on se marie ou qu'on reste garçon
L'on peut, tout à la fois, avoir tort et raison?

BONNARD.

Il en est, que veux-tu? de même en toute chose :
Tout bien recèle un mal, l'épine est sous la rose,
Et quand on a vidé la coupe du plaisir
L'on va chez Georgino solder le repentir.
Eh bien, tu réfléchis?..... vieux lion, je parie
Qu'un jour l'on me dira : « Danville se marie »,
Et que je te verrai radieux, transporté,
M'annonçant ton bonheur et ta félicité.
Ah quel beau jour pour nous! quelle heureuse aventure!

DANVILLE.

Tu le veux? Eh bien soit; j'en accepte l'augure.
Oui, c'en est fait, j'abdique et dès ce jour apprends
Qu'à tes sages conseils, mon ami, je me rends.
Je brave le péril, et j'affronte la chance
D'expier à mon tour ma longue impénitence.
Bonnard, je me marie!!!...

BONNARD (à part).

Oh ! s'il était permis
De passer cession de sa femme aux amis !

(Reprenant)

Ah ! viens que je t'embrasse et que je m'associe
Au bonheur qui fera le charme de ta vie.
A quand la noce ? à quand ?

DANVILLE.

De ce jour en dix ans !

BONNARD.

Mon ami, c'est trop tard !

DANVILLE (très vivement).

Ce sera le bon temps !

AIR : composé par un académicien.

A cinquante ans, bien qu'on soit un peu mûr,
On peut encore espérer de renaître
Dans des marmots qui sont de vous... peut-être...
Mais à soixante on en est toujours sûr. *(bis)*

## COUPLETS FINALS

AIR : *Vaudeville de Préville et Taconnet.*

DANVILLE.

PREMIER COUPLET.

Ce dialogue est peut-être à vos yeux
De l'hyménée une critique amère ?
N'en croyez rien, nous n'avions tous les deux
Qu'un seul désir, c'est celui de vous plaire.
Or vous pouvez vous marier demain
Même aujourd'hui si cela vous arrange
Mais n'allez pas oublier en chemin
Que tout beau-père est un agent de change. *(bis)*

BONNARD.

### DEUXIÈME COUPLET.

Oui l'on a vu dans ce siècle de fer
Plus d'un époux en entrant en ménage
Du paradis transmigrer en enfer
Et du premier au quatrième étage.
Il ne faut pas cependant que l'amour
Se trouve exclu de la cérémonie ;
Car dans l'hymen il n'est pas de beau jour
Lorsque le cœur n'est pas de la partie. *(bis)*

DANVILLE.

### TROISIÈME COUPLET.

Sachez surtout en faisant le grand pas,
Et des maris en grossissant la liste,
Que dans l'hymen, Messieurs, l'on ne doit pas,
Du libre échange être l'apologiste.

BONNARD (vivement.)

Que ce système est pour moi plein d'attraits !
J'espère bien qu'un jour au mariage
Le libre échange étendra ses bienfaits,
Et deviendra le dogme du ménage. *(bis).*

DIJON. — MERSCH ET C$^{ie}$, IMPR., 40, RUE SAINT-PHILIBERT.

www.ingramcontent.com/pod-product-compliance
Lightning Source LLC
Chambersburg PA
CBHW060911180626
46818CB00004B/1917